राजस्थान

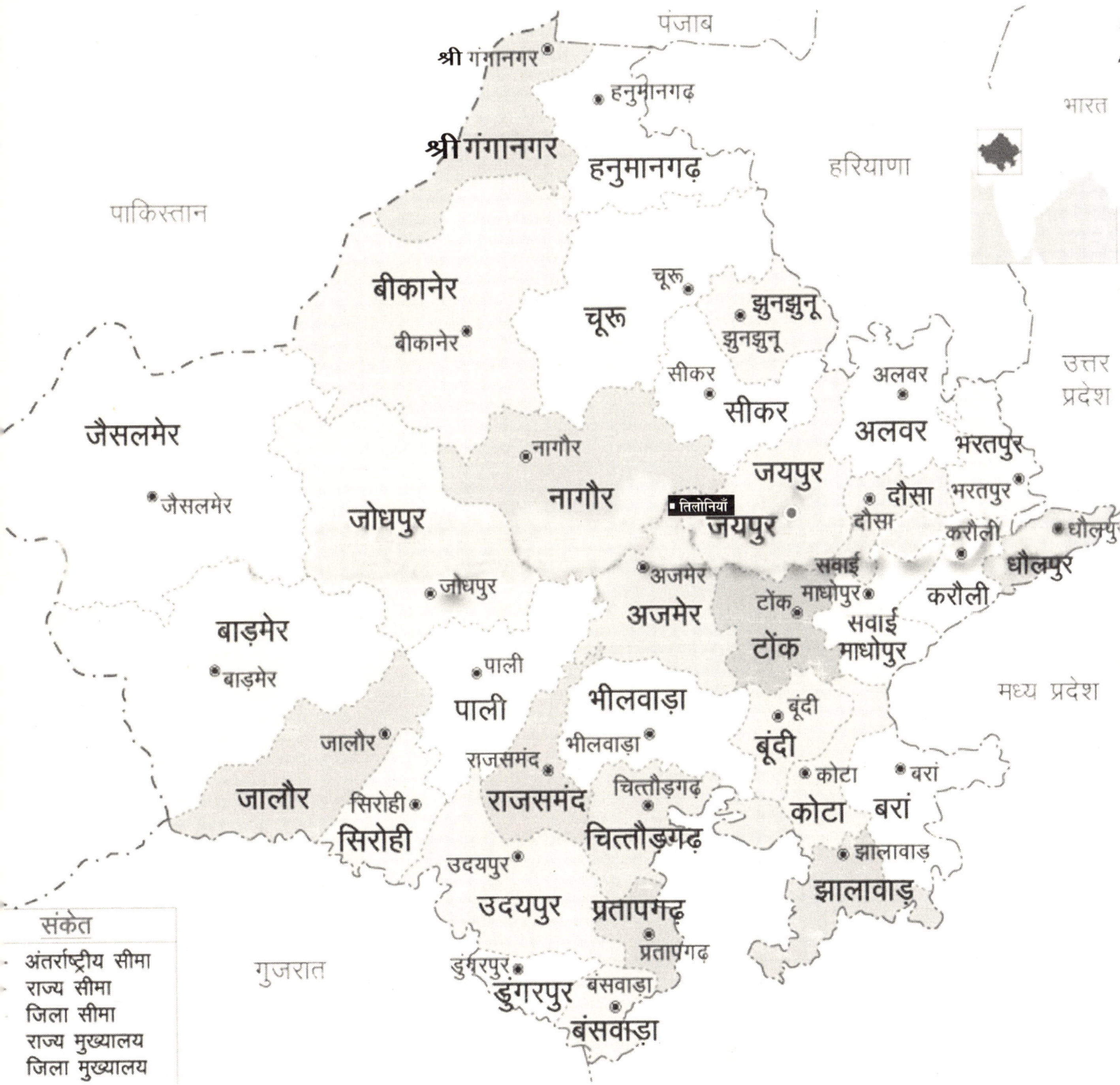
पंजाब
श्री गंगानगर
हनुमानगढ़
श्री गंगानगर
हनुमानगढ़
हरियाणा
भारत
पाकिस्तान
चूरू
बीकानेर
चूरू
झुनझुनू
झुनझुनू
बीकानेर
सीकर
अलवर
उत्तर प्रदेश
सीकर
जैसलमेर
अलवर
भरतपुर
नागौर
जयपुर
जैसलमेर
दौसा
भरतपुर
नागौर
जोधपुर
तिलोनियाँ
जयपुर
दौसा
करौली
धौलपुर
सवाई
धौलपुर
अजमेर
जोधपुर
टोंक
माधोपुर
करौली
अजमेर
सवाई
बाड़मेर
माधोपुर
टोंक
पाली
बाड़मेर
मध्य प्रदेश
पाली
भीलवाड़ा
बूंदी
जालौर
भीलवाड़ा
बूंदी
राजसमंद
कोटा
बरां
चित्तौड़गढ़
जालौर
सिरोही
राजसमंद
कोटा
बरां
सिरोही
चित्तौड़गढ़
झालावाड़
उदयपुर
झालावाड़
उदयपुर
प्रतापगढ़
संकेत
प्रतापगढ़
अंतर्राष्ट्रीय सीमा
गुजरात
डुंगरपुर
राज्य सीमा
डुंगरपुर
बसवाड़ा
जिला सीमा
बंसवाड़ा
राज्य मुख्यालय
जिला मुख्यालय

अर्जुन और उसका गाँव

अर्जुन और उसका गाँव

लेखन व चित्रांकन

कैरल बार्कर

भाषान्तर

पूर्वा याज्ञिक कुशवाहा

वाणी प्रकाशन

वाणी प्रकाशन
4695, 21-ए, दरियागंज, नयी दिल्ली 110 002

शाखा
अशोक राजपथ, पटना 800 004

फ़ोन : +91 11 23273167 फ़ैक्स: +91 11 23275710

www.vaniprakashan.in
vaniprakashan@gmail.com
sales@vaniprakashan.in

Library Cataloguing in Publication Data

ARJUN AUR USKA GAON
by CAROL BARKER
Translated by Purwa Yagnik Kushwaha

ISBN : 978-93-5229-074-1

(1) Rajasthan, India-Social Life and Customs Juvenile Literature
(2) Rural Village Life, Rajasthan-India Juvenile Literature

First Published in 1979 by Oxford University Press
This Edition Published 2016 by Vani Prakashan

मूल्य : ₹ 295

यश प्रिंटोग्राफिक्स, नोएडा-201 301, उत्तर प्रदेश में मुद्रित

वाणी प्रकाशन का लोगो मक़बूल फ़िदा हुसेन की कूची से

यह पुस्तक समर्पित है—

बंकर और अरुणा रॉय, मान्या जयराम लिंड्से,

रामकरण जी, रामनिवास जी, तेजाराम जी,

टीना, बाटा, सन्तोष एवं मेरे अन्य सभी भारतीय मित्रों को।

और

एस. श्रीनिवासन (वासु) 1949-2014

तथा भँवर गोपाल (भुर्जी) 1953-2004 की स्मृति में।

अर्जुन तिलोनियाँ में रहता है, जो राजस्थान का एक गाँव है। राजस्थान भारत के उत्तर में बसा है। यहाँ की धरती अमूमन सूखी और प्यासी रहती है, क्योंकि यहाँ बारिश ज़्यादा समय तक नहीं होती। तिलोनियाँ के एक तरफ़ नंगे पथरीले पहाड़ हैं जहाँ गिद्ध और चीलें रहती हैं और दूर मीलों तक सूखी बंजर ज़मीन पसरी है। दूसरी ओर जहाँ कुएँ ख़ुद चुके हैं, हरे उपजाऊ खेत, पेड़ और फूल हैं। यहाँ मोर अपनी मोरनियों के झुण्ड के साथ इठलाते हैं और हरे तोते उड़ते हैं।

अर्जुन ने ख़ुद मुझे अपने परिवार और गाँव में अपने जीवन के बारे में बताया—'मेरे पिता का नाम घीसा बाबा जाट है और मेरी माँ का रामी देवी। मैं बारह साल का हूँ, मेरी दो बड़ी बहनें और दो भाई हैं, मुझसे एक छोटी बहन और हम सब में सबसे छोटी एक और बहन है।

'मेरे दादा-दादी और चार काका और उनकी पत्नियाँ और बच्चे भी हमारे साथ रहते हैं। हमारे घर एक साझे आँगन के इर्द-गिर्द एक-दूसरे के पास-पास बने हुए हैं। हमारी रसोई साझी है और हम वहीं बारी-बारी खाना पकाते हैं। दादाजी परिवार के मुखिया हैं, पर उनकी मृत्यु के बाद उनका सबसे बड़ा बेटा यानी मेरे पिता परिवार के मुखिया बनेंगे। मेरे पिता किसान हैं, उनके पास पच्चीस बीघा ज़मीन है। मेरे काकाओं के पास भी पच्चीस-पच्चीस बीघा ज़मीन है। (एक बीघा क़रीब आधा एकड़ का होता है, सो अर्जुन के परिवार के पास लगभग 60 एकड़ ज़मीन है।)

'हमारी ज़मीन पर दो कुएँ हैं। खेतों को सींचने के लिए दो जोड़ी बैलों की मदद से पानी निकाला जाता है। हमारे पास पच्चीस गाय और भैंस और पचास बकरियाँ भी हैं।

'मेरी माँ और चारों काकियाँ तड़के साढ़े तीन बजे उठ जाती हैं। तीन काकियाँ पानी भरने जाती हैं जबकि मेरी माँ और एक काकी घर को बुहार डालती हैं। तब माँ चक्की पर मक्की या गेहूँ का आटा पीसती है। मेरी काकी रात को जमाये गये दही को बिलोकर मक्खन निकालती है। तब माँ चूल्हा जलाकर नाश्ते और दोपहरी के खाने के लिए रोटियाँ या पराँठे बनाती है। वह मक्की का दलिया भी पकाती है, जिसे हम घाट कहते हैं।

'मेरे पिता और काका कुछ देर बाद, क़रीब साढ़े चार बजे उठते हैं। वे हाथ-मुँह धोते हैं और तब मेरे दो काका गायों को दुहते हैं। उन्हें और बकरियों को चारा-पानी देते हैं। इस बीच बाक़ी दो काका और पिता खेतीबारी के औज़ार तैयार कर उन्हें बैलगाड़ी पर रखते हैं—अगर ज़रूरत हो तो हल, दराँती, फावड़े, पानी खींचने के लिए चमड़े से बनी चड़स और चिड़िया उड़ाने के लिए गोफन या गुलेल।

'इसके बाद वे नाश्ता करते हैं—दही के साथ रोटी और घाट का एक कटोरा। तब दो काका तो साइकिल पर दूध के डोल बाँध तिलोनियाँ रेलवे स्टेशन जाते हैं। वहाँ से सुबह 6 बजे की रेलगाड़ी पकड़ वे दूसरे दूधवालों के साथ दूध बेचने किशनगढ़ और अजमेर निकल जाते हैं।

'माँ मुझे, मेरे भाई-बहनों और चचेरे भाई-बहनों को क़रीब सात बजे जगाती है। मैं हाथ-मुँह धोने के बाद दो बकरियों का दूध निकालता हूँ। यह दूध हम शाम को पीते हैं।

'इसके बाद माँ हमें नाश्ता देती है–रोटी और दही और गुड़ के साथ घाट। हम बच्चों के खा लेने के बाद ही माँ और काकियाँ अपना नाश्ता कर पाती हैं। तब माँ हरेक बच्चे को दोपहरी के खाने के लिए डेढ़ रोटी और मिर्च कपड़े में बाँधकर थमाती है।

'नाश्ता करने के बाद मेरे पिता औज़ारों से भरी गाड़ी में दो बैलों को जोतते हैं। पशुओं के लिए कुछ सूखा या हरा चारा भी रख लेते हैं। तब पिता और काका खेतों की दिशा में निकल जाते हैं। एक और काका बैलों की दूसरी जोड़ी को ले उनके पीछे जाते हैं।

'तब दूसरे पशुओं को इकट्ठा करने की हमारी बारी आती है। मेरी बड़ी बहनें, चचेरी बहनें और भाई गायों और भैंसों को लेकर एक रास्ते पर निकलते हैं। मैं और मेरी छोटी चचेरी बहन जमुना देवी बकरियों को उनके बाड़े से निकाल उन्हें गाँव की गलियों की ओर हाँकते हैं।'

इस समय सुबह के क़रीब आठ बजे हैं। अर्जुन और जमुना देवी गाँव के बाहर कुछ देर रुकते हैं। यह देखने के लिए कि सभी पचास बकरियाँ साथ तो हैं। तब वे एक रेतीली पगडंडी पर अपने आगे बकरियाँ हाँकते हुए चल देते हैं। सुबह के सूरज का ताप धीरे-धीरे बढ़ता है और गाँव के दूसरे लोग भी अपने मवेशियों को ले अर्जुन और जमुना देवी के साथ हो लेते हैं। पगडंडी मानो पशुओं की नदी में बदल जाती है जिसमें दूधिया रंग की गायें और काली, धौली और भूरी बकरियाँ होती हैं। यह पगडंडी एक बंजर ज़मीन की ओर ले जाती है, जिसमें सिर्फ़ कुछ कँटीली झाड़ियाँ हैं और दूर आगे पथरीले पहाड़। यह इलाक़ा जंगल कहलाता है। वहाँ पहुँचने पर सारे पशु अलग-अलग दिशा में फैल जाते हैं। अर्जुन और जमुना देवी क़रीब आधा मील चलने के बाद अकसर कुछ देर ज़मीन पर बैठकर सुस्ताते हैं। पर वे ज़्यादा समय तक बैठे नहीं रह सकते क्योंकि बकरियाँ हरी पत्तियों की तलाश में इधर-उधर चल देती हैं।

बीच-बीच में कुछ देर सुस्ताते हुए अर्जुन और जमुना देवी दिन भर अपनी लकड़ियाँ थामे बकरियों के पीछे दौड़ते रहते हैं, ताकि एक भी बकरी खो न जाये।

लगता है कि अर्जुन को अपनी ज़िन्दगी मज़ेदार लगती है, 'घर बैठे तो मैं ऊब जाता हूँ। वहाँ जंगल में मुझे मेरे कई दोस्त मिलते हैं। कभी-कभार हम कबड्डी भी खेलते हैं। मैं अच्छा खिलाड़ी हूँ और कई लड़कों को पकड़ लेता हूँ। हम एक-दूसरे को कहानियाँ और चुटकुले भी सुनाते हैं।

'जंगल में मुझे एक बकरी का जापा भी करवाना पड़ा है। यह मैंने अपने दोस्त से सीखा है। जब बच्चा बाहर निकलता है तो मैं उसे थाम लेता हूँ। उसे उसकी माँ के मुँह के पास ले जाता हूँ, वह उसे चाट-चाट कर साफ़ कर देती है।'

इस बीच, घर में रामी देवी और परिवार की दूसरी औरतें साफ़-सफ़ाई कर चुकी होती हैं। नाश्ते के बर्तन माँज लेती हैं। तब वे दोपहर के खाने के लिए अपनी रोटियाँ और मिर्च बाँधती हैं। छोटे बच्चों को दादा-दादी के पास छोड़ा जाता है। रामी देवी अपनी छह महीने की बिटिया को पीठ पर बाँधती है और अपनी देवरानियों के साथ खेतों में अपने-अपने पतियों के पास जाती हैं। अगर उसे देर हो जाये तो उसे अपने पति और सास से डाँट सुननी पड़ती है।

घीसा बाबा अमूमन अपने भाई के साथ दो जोड़ी बैलों की मदद से खेतों की सिंचाई करता है। काम करते समय वह इन्द्र देवता का गीत गाता है, ताकि खेत उपजाऊ हों। रामी देवी खेत पहुँच बच्चे को खोल उसी कपड़े को बैलगाड़ी के पिछले हिस्से में बाँधकर बनाये गये पालने में सुला देती है। तब वह दूसरी स्त्रियों के साथ हरे चनों की फ़सल को काट पूलों में बाँधती है। इसके बाद गेहूँ की क़तारों के बीच गुड़ाई करती है। खाना खाने के लिए कुछ देर रुकने के अलावा सभी औरतें और आदमी दिन भर कड़ी मेहनत करते हैं।

रबी की फ़सल नवम्बर में बोयी और अप्रैल में काटी जाती है। इस फ़सल में गेहूँ, जौ, चना, मटर, मूली, गाजर, सरसों होते हैं। गर्मियों में मौसम बेहद गर्म और सूखा होता है, सो कुछ भी उग नहीं सकता। पर जब जुलाई और अगस्त में बरसात होती है तब ख़रीफ़ की फ़सल बोयी जाती है—बाजरा, मक्का, जवार, मूँग, मिर्च, टमाटर, मूँगफली, मोठ और तिल। यह फ़सल अक्तूबर-नवम्बर में काटी जाती है।

खेतों की सिंचाई के लिए दो पुरुष और दो जोड़ी बैलों की ज़रूरत पड़ती है। एक आदमी कुएँ पर खड़ा होता है। वह चमड़े की चड़स को कुएँ में उतारता है, उसमें पानी भरता है। फिर भरी हुई चड़स को गिरारी की मदद से ऊपर खींच लेता है। दूसरा आदमी रस्सी पर बैठे-बैठे बैलों की जोड़ी को नीचे उतारता है। इस रस्सी का एक सिरा चड़स से बँधा होता है और दूसरा बैलों के जुए से। जब चड़स कुएँ से ऊपर आ जाता है, तो झुकाकर उसमें भरा हुआ पानी सिंचाई की नालियों में बहा दिया जाता है। ये नालियाँ खेतों तक जाती हैं। सिंचाई के इस तरीक़े को चड़स सिंचाई कहते हैं। बैल लगातार ढलान पर ऊपर-नीचे आते-जाते हैं और गीत की धुन के साथ पानी खेतों तक बह जाता है। काम करते समय केवल घीसा बाबा ही नहीं गाता, तिलोनियाँ के आसपास के सभी किसान खेतों में काम करते हुए गाते हैं।

शाम पाँच बजे के आसपास सूरज ढलने लगता है। आकाश लाल-सुनहरा होने लगता है और सूरज पहाड़ियों के पीछे डूब जाता है। इस समय अर्जुन और जमुना देवी अपनी बकरियों को इकट्ठा कर वापस गाँव की ओर हाँकते हैं। वे बकरियों को उनके बाड़े में पहुँचाते हैं और उन्हें बेरियाँ खिलाते हैं। सभी काकियाँ, काका, भाई, बहन भी खेतों से लौट आते हैं। उनके साथ ही बैलगाड़ी, बैल, गायें और भैंसें भी लौट आती हैं। मवेशियों को उनके बाड़ों में पहुँचाया जाता है और पूरा परिवार उन्हें हरा चारा, तिपतिया और घास खिलाता है। गायों और बैलों को चारा-सानी खिलाया जाता है। फिर गायों और भैंसों का दूध दुहा जाता है, पानी भरा जाता है और रात का खाना पकता है।

अर्जुन अपने परिवार के साथ खाना खाता है। वे गेहूँ की रोटी और छाछ खाते हैं, क्योंकि बच्चे चाय नहीं पीते। दिन भर 'जंगल' में मेहनत के बाद अर्जुन सिर्फ़ यही खाता है। फिर वह अपनी किताबों का बस्ता ले स्कूल चल देता। अर्जुन रात्रिशाला में पढ़ता है जो 6 से 14 साल के बच्चों के लिए है। समाज-कार्य एवं अनुसन्धान केन्द्र, तिलोनियाँ ने 1976 में रात्रिशालाएँ शुरू की थीं। ताकि जो बच्चे दिन में अपने माता-पिता की मदद करने के लिए बकरियों और दूसरे पशुओं को चराने जाते हैं, वे शाम को पढ़कर शिक्षा पा सकें।

शाम सात बजे अर्जुन और उसके साथी अपनी कक्षा में होते हैं। बच्चे फ़र्श पर आलथी-पालथी मारकर गोल घेरे में बैठते हैं। वे अपनी स्लेटों को घुटने पर टिका, चौक थाम लिखने को तैयार हो जाते हैं। हर कक्षा में कई लालटेन जलते हैं, उनके उजाले में उनकी पगड़ियों के नीचे लड़कों के चेहरे दमकते हैं।

अर्जुन और उसके साथी घर पर स्थानीय भाषा मारवाड़ी में बातचीत करते हैं। पर स्कूल में वे हिन्दी में लिखना-पढ़ना सीखते हैं। हिन्दी उत्तर भारत की मुख्य भाषा है। वे भारत के इतिहास और भूगोल के बारे में सीखते हैं। यह भी कि आज सरकार कैसे चलाई जाती है। वे राजस्थान और ख़ासकर तिलोनियाँ के बारे में भी सीखते हैं। वे गणित, स्वास्थ्य शिक्षा, साफ़-सफ़ाई के बारे में भी पढ़ते हैं। यह भी सीखते हैं कि उन्हें स्वस्थ और मज़बूत बनने के लिए कौन-सी साग-सब्ज़ी खानी चाहिए।

एक दिन जब मैंने अर्जुन से उसके स्कूल के बारे में पूछा तो उसने कहा—'मुझे स्कूल मज़ेदार लगता है। गणित सबसे अच्छा लगता है, ख़ासकर पहाड़े, अगर आपकी गणित अच्छी हो तो साहूकार आपको ठग नहीं सकता! स्कूल से मुझे मदद मिलती है। पढ़-लिख पाना भी अच्छा होता है, क्योंकि तब आपको कोई उल्लू नहीं बना सकता है।'

अर्जुन का स्कूल रात 9 बजे ख़त्म होता है। वह 10 बजे तक घर पहुँच बिस्तर में सो जाता है। उसका दिन काफ़ी लम्बा होता है और वह उसके बाद हमेशा गहरी नींद सोता है।

बारिश
का मौसम
निकल गया।

तिलोनियाँ के अधिकतर लोग हिन्दू हैं। पुराने ज़माने में भारत में हिन्दू चार जातियों में बँटे होते थे। ब्राह्मण और क्षत्रिय, दो सबसे ऊँची जातियाँ थीं। वैश्य बिचली और शूद्र सबसे निचली जाति थी। जातियों का विभाजन लोगों के पेशे या काम के अनुसार होता था। ब्राह्मण सबसे ऊँची जाति के माने जाते थे। वे लोगों के पुरोहित, धर्मगुरु और शिक्षक हुआ करते थे।

ब्राह्मणों के बाद अगली ऊँची जाति क्षत्रियों की थी। यह योद्धाओं, सैनिकों, राजाओं की जाति थी, जो बाद में राजपूत कहलाये। उनमें कई वीर सेनापति हुए, जैसे—जयपुर के महाराजा या उदयपुर के महाराणा। वे घोड़ों पर सवार हो, घोड़ों, हाथियों व पैदल सैनिकों का नेतृत्व कर हमलावर राजाओं से अपने क़िलों, महलों और प्रजा की रक्षा करते थे।

भारत की आज़ादी के बाद इन रजवाड़ों का अस्तित्व समाप्त हो गया। आज राजा-महाराजा अपनी राजनीतिक और आर्थिक सत्ता खो चुके हैं। राजस्थान के कई क़िले और महल, जैसे—जोधपुर का महरानगढ़ क़िला व उदयपुर का सिटी पैलेस, राष्ट्रीय संग्रहालय बन चुके हैं। कई महल होटलों में भी तब्दील हो चुके हैं।

तीसरी जाति वैश्यों की थी जो परम्परागत रूप से व्यापारियों, दुकानदारों व विभिन्न व्यवसायियों की थी। उनमें बनिये, साहूकार, सुनार आदि भी शामिल थे।

शूद्र सबसे निचली जाति थी, जिसमें मज़दूर और दस्तकार शामिल थे। आज वे दलित कहलाते हैं। इनमें कई समूह ऐसे लोगों के हैं जो जुलाहों, धोबियों, ढोल बजाने वालों, संगीतकारों, चमड़े का काम करने वालों, लुहार, सफ़ाईकर्मी व अन्य प्रकार के काम करते हैं।

पहले परम्परागत जाति व्यवस्था ग़ैर-लचीली थी और यह लगभग असम्भव था कि कोई दलित व्यक्ति अपनी सामाजिक स्थिति सुधार सके या किसी बेहतर काम को कर सके। परन्तु पिछले कुछ दशकों में भारी सामाजिक और आर्थिक बदलाव आया है। आजकल सभी जातियों में व्यापारी व साहूकार देखे जा सकते हैं।

दलित जातियों के लोग आज बेहतर शिक्षा पा सकते हैं। वे बैंकों से राशि ले अपने धन्धे शुरू कर सकते हैं। वे संगमरमर, पत्थरों या कपड़ों का व्यापार कर बेहतर कमाई कर सकते हैं।

सरकार ने आज लोगों को चार समूहों में बाँटा है। पहला समूह सामान्य जातियों का है जिसमें ब्राह्मण, राजपूत, बनिया आते हैं। दूसरा समूह अन्य पिछड़ी जातियों का है, जिसमें जाट, कुम्हार, नाई, खाती व अन्य शामिल हैं।

तीसरा समूह अनुसूचित जातियों का है, जो आज दलित कहलाते हैं। इनमें कई प्रकार के काम करने वाले शामिल हैं। चौथा समूह अनुसूचित जन-जातियों का है, जिसमें भील तथा मीणा जैसे कई आदिवासी जातियों के समूह शामिल हैं।

भारत सरकार ने कई क़ानून बनाये हैं जिनमें सरकारी नौकरियों में दलित, अनुसूचित जाति व जनजाति के लिए आरक्षण है। पंचायतों में भी उनके लिए सीटें आरक्षित की गयी हैं।

तिलोनियाँ में कमला नामक एक स्त्री है, जो दलित है। वह जुलाहा जाति से है। उसे तिलोनियाँ के लोगों ने बहुमत से सरपंच चुना। यह एक बड़ी सामाजिक उपलब्धि थी। केवल इसलिए नहीं कि कमला दलित वर्ग की थी, बल्कि इसलिए भी क्योंकि परम्परागत रूप से सरपंच पद पर पुरुष ही जीतते थे। इस तरह के तमाम सामाजिक व आर्थिक बदलाव आज नज़र आ रहे हैं।

तिलोनियाँ की मुख्य सड़क पर एक बनिये की दुकान है जिसमें कपड़ा, अनाज, साबुन, तेल और भी कई चीज़ें बिकती हैं। सुनारों की दुकानों में चाँदी के गहने सजे हुए हैं। इन सँकरी गलियों से स्त्री, पुरुष, बच्चे और मवेशी सभी आते-जाते हैं। यहाँ सबसे ज़्यादा चहल-पहल सुबह और शाम को रहती है, जब किसान और उनके परिवार खेतों पर काम करने के लिए जाते और वहाँ से वापस लौटते हैं।

भारत के अधिकतर लोग हिन्दू हैं। और सैकड़ों देवी-देवताओं को मानते हैं, उनके मन्दिर और स्थान बनाते हैं। सबसे महत्त्वपूर्ण देवता ब्रह्मा, विष्णु और महेश, गणेश तथा हनुमानजी हैं। और देवियाँ पार्वती तथा लक्ष्मी।

ब्रह्मा को सृष्टि को रचने वाला माना जाता है। विष्णु को उसका रक्षक। विष्णु के कई अवतार हैं, जैसे—कृष्ण। कृष्ण के प्रेम के बारे में अनेक कथाएँ हैं। ढेरों गीत और काव्य लिखे गये हैं। कृष्ण का रंग गहरा नीला है। राम भी विष्णु का अवतार हैं। वे साहसी राजकुमार थे जिन्होंने राक्षस-राज रावण को मार बुराई पर विजय पायी थी। रामायण रामकथा का महाकाव्य है। शिव नृत्य के देवता हैं, पर संहार या नाश करने वाले भी। लक्ष्मी विष्णु की पत्नी हैं और धन की देवी। पार्वती शिव की पत्नी हैं और शक्ति की देवी। काली के रूप में वे बुराई, युद्ध और रोगों का नाश करती हैं। उनके दुर्गा रूप को शेर की सवारी करते दर्शाया जाता है।

शिव और पार्वती का एक पुत्र कार्तिकेय था। शिव लम्बे समय के लिए हिमालय पर्वत पर ध्यान करने चले जाते थे। एक पुराण कथा कहती है कि एक बार जब शिव समाधि में लीन थे, पार्वती ने स्नान के उबटन से एक बालक बनाया। उसका नाम गणेश रखा। जब गणेश वर्ष भर के हो गये, पार्वती ने उन्हें कहा कि वे स्नान करने जा रही हैं। गणेश द्वार पर खड़े रहें और किसी को अन्दर न आने दें। इधर शिव भी बहुत लम्बे समय बाद ठीक उसी समय लौटे। गणेश शिव को पहचानते नहीं थे। गणेश ने शिव को रोका और कहा—'आप अन्दर नहीं जा सकते। मेरी माता स्नान कर रही हैं।' शिव को क्रोध आया। उन्होंने गणेश का सिर काट दिया। पार्वती यह देखकर चीख़ पड़ीं। 'आपने यह क्या किया, आपने मेरे पुत्र को मार डाला।' शिव दुखी हो गये और गणेश के लिए एक सिर ढूँढ़ने निकले। उन्हें जो पहला जीव मिला, वह हाथी था। शिव ने उसका ही सिर काटा और गणेश के धड़ से जोड़ दिया। बालक फिर से ज़िन्दा हो गया। इसलिए गणेश का सिर हाथी का और शरीर मानव का है।

एक दिन शिव ने अपने दोनों बेटों की परीक्षा लेने की ठानी। उन्होंने दोनों से कहा कि वे जितनी जल्दी हो सके पूरी पृथ्वी की परिक्रमा करें। कार्तिकेय अपने मोर पर सवार हो तेज़ी से चल पड़े। पर गणेश ने हड़बड़ी नहीं की। उन्होंने पूरे सम्मान के साथ अपने माता-पिता की परिक्रमा की। जब शिव ने पूछा कि वह ऐसा क्यों कर रहे हैं, तो गणेश ने जवाब दिया कि 'वेदों में कहा गया है कि जो अपने माता-पिता की सात बार परिक्रमा करता है, उसे उतना ही यश मिलता है जितना पृथ्वी की सात बार परिक्रमा करने से मिलता है।' सो गणेश इस परीक्षा में जीत गये।

गणेश हिन्दुओं के सबसे लोकप्रिय देवता हैं। वे विघ्न-बाधा हटाने वाले देवता हैं और शुभ हैं। वे ज्ञान के देवता हैं और लोगों को धन व सफलता दिलाने में मदद करते हैं। जब हिन्दू पूजा करते हैं तो वे सबसे पहले गणेश को ही पूजते हैं। वे उनके सामने धूप जलाते हैं, फूल, नारियल, फल और पान के पत्ते अर्पित करते हैं।

देश भर में पूजे जाने वाले देवी-देवताओं के अलावा कई स्थानीय लोक देवता और लोक नायक भी होते हैं। राजस्थान के एक योद्धा लोक नायक तेजाजी हैं। तिलोनियाँ में उनके कई स्थान हैं। कहा जाता है कि तेजाजी का जन्म राजस्थान के खरनाल में हुआ था। वे एक राजा के बेटे थे पर उनके माता-पिता की मृत्यु तब हो गयी, जब वे बहुत छोटे थे। उन्हें एक कपड़े में लपेट खेत में छोड़ दिया गया था। एक किसान की स्त्री को वे मिले और उस किसान और उसकी पत्नी ने उन्हें पाला।

कई सालों बाद जब तेजाजी खेतों में काम कर रहे थे, किसान की पत्नी उनका खाना लेकर आयी। उसने तेजाजी से कहा—'अगर तुम अपनी पत्नी के मेहँदी रचे हाथों से बनी रोटी खाना चाहते हो तो अपने ससुर के घर जाओ और अपनी पत्नी को ले आओ।'

सो तेजाजी सुथार के पास एक बैलगाड़ी बनवाने गये, एक जोड़ी बैल ख़रीदे और अपने कुछ दोस्तों के साथ पत्नी को लिवा लाने निकल पड़े। उन्हें राह में आग में जलते दो नाग मिले। तेजाजी को उन पर दया आयी, पर वे एक ही नाग को लपटों से बचा पाये। नाग ने कहा कि वह दूसरे नाग को नहीं बचाने के लिए तेजाजी को डसेगा। तेजाजी ने वादा किया कि वे अपना काम पूरा कर वापस लौटकर आयेंगे।

तब तेजाजी अपने ससुर के घर गये और उनका विवाह उनकी बेटी सुन्दर से हुआ। पर तेजाजी ने कहा कि पत्नी को घर ले जाने से पहले उन्हें एक ज़िम्मेदारी पूरी करनी है। नागों के स्थान पर पहुँचने से पहले तेजाजी को एक वृद्धा मिली जो मुश्किल में थी। वह बोली—'लुटेरों ने मेरे बैल चुरा लिये हैं। क्या तुम उन्हें छुड़ा ला सकते हो?' सो तेजाजी ने लुटेरों

का पीछा कर उन पर हमला किया। सिर से पैर तक लगे तलवार के घावों के बावजूद तेजाजी इतनी वीरता से लड़े कि लुटेरे भाग गये। तेजाजी ने वृद्धा को उसके बैल लौटाये। तब वे अपना वादा पूरा करने नाग के पास लौटे। नाग उन्हें डसने को तैयार था। पर जब उसने उन्हें घावों से भरा पाया तो वह हिचकिचाया। इस पर वीर तेजाजी ने अपनी जीभ निकाली, नाग ने उन्हें डसा, तेजाजी ज़हर से अचेत होकर गिरे और मर गये।

कहा जाता है कि तेजाजी साँप से डसे गये लोगों की जान वापस लौटा सकते हैं। सो उनके स्थान पर आज भी वे लोग आते हैं जिन्हें साँप ने डसा हो। वे तेजाजी का नाम लेते हुए दाहिने पैर पर धागा बाँधते हैं। तब वे धूप-दीप जलाते हैं और ओझा ज़हर चूसकर बाहर निकालता है। मुझे बताया गया कि तेजाजी के प्रताप से वह इंसान हमेशा बच जाता है।

सुरसुरा में जहाँ तेजाजी की मृत्यु हुई थी, तेजाजी की विशाल मूर्ति है और उनकी समाधि भी। वहाँ हर साल मेला भरता है, जिसमें हज़ारों लोग उनकी पूजा करने और मेले का आनन्द लेने आते हैं। मेले के दिन किसी के घर पीतल के बड़े थाल में एक ज़िन्दा नाग को रखा जाता है। यात्री मिट्टी की प्यालियों में दूध लाकर नाग को चढ़ाते हैं। वे धूप जलाकर नाग का आशीर्वाद लेते हैं। उनकी मान्यता है कि नाग के रूप में तेजाजी उनकी मदद के लिए पधारते हैं।

क्योंकि भारत में अनेक देवी-देवता हैं, यहाँ हर साल कई धार्मिक उत्सव भी मनाये जाते हैं। ऐसे कुछ उत्सव राष्ट्रीय हैं, तो कुछ स्थानीय लोक देवताओं और लोक नायकों के। इनमें से एक घास बाबा का उत्सव है जो तिलोनियाँ की रक्षा करने वाले देवता हैं। यह साल में एक बार मनाया जाता है।

उत्सव की शाम तिलोनियाँ के लोग अपने सबसे सुन्दर कपड़े पहनते हैं। पुरुष और लड़के नयी रंग-बिरंगी पगड़ियाँ बाँधते हैं, जो लाल, बैंगनी या भगवा रंग की होती हैं। साथ ही वे सफ़ेद धोती और कुर्ते पहनते हैं। औरतें और लड़कियाँ खिलते चटक रंगों की ओढ़नियाँ, घाघरे और ब्लाउज़ पहनती हैं। ये भी लाल, बैंगनी, पीले होते हैं। उन पर सुनहरे धागों की कढ़ाई और सलमे-सितारे टँके होते हैं। वे बाल सँवारती हैं और सुन्दर गहने पहनती हैं। कनफूल, माला, नथ, चूड़ियाँ, पाज़ेब और बिछिए। वे रानियों-सी दमकती हैं। रात साढ़े नौ के क़रीब अँधेरा हो जाने पर लोग जुलूस के रूप में गाँव के एक छोर की ओर निकलते हैं। आगे-आगे पुरुष और लड़के और उनके पीछे औरतें और लड़कियाँ—सब गीत गाते हुए। इस अवसर पर ख़ासतौर से ढोल बजाने वाले पुरुषों और औरतों को बुलाया जाता है।

लोग लकड़ी के दो टुकड़ों पर स्थापित एक काले पत्थर के पास इकट्ठा होते हैं। इस मौक़े पर पत्थर को सफ़ेद रंग से रँगा जाता है। मशालची जलती मशालों के साथ आते हैं और कुछ लोग लालटेन ले उस स्थान को रोशन करते हैं।

ब्राह्मण पुजारी पत्थर के पास खड़ा होता है। ढोल-झाँझ की थपकियाँ और औरतों के गीत समाप्त होते हैं। पुजारी कुछ मन्त्र और प्रार्थनाएँ बोलता है और तब पत्थर पर बनायी गयी दो आँखों के सामने एक आईना रखा जाता है। अचानक शीशा टुकड़े-टुकड़े हो जाता है। तब यह कहा जाता है कि घास बाबा तिलोनियाँ की रक्षा के लिए पत्थर में प्रतिष्ठित हो गये हैं। ढोल-नगाड़े बज उठते हैं, सब गाने लगते हैं और तैयार खड़े कई जोड़ी बैलों में से पहली जोड़ी को पत्थर से जोत दिया जाता है। जिस किसान के पास पत्थर को खींचने की ताक़त रखने वाले बैल हों, वह ख़ुद को ख़ुशकिस्मत मानता है।

पत्थर को उठाकर एक लकड़ी के तख़्ते पर रख दिया जाता है और उसे गाँव के चारों ओर घुमाया जाता है। बैलों की जोड़ी कई बार बदली जाती है, क्योंकि पत्थर भारी होता है और दूसरे किसान भी इसे खींचने का सम्मान पाना चाहते हैं। जुलूस के सबसे आगे बैलों को हाँकने वाला किसान होता है। पीछे पुजारी चलता है और तब गाते-बजाते बाक़ी लोग। लोगों का मानना है कि इस तरह पत्थर में समाये घास बाबा अगले साल भर के लिए पशुओं को रोगों से बचायेंगे और तिलोनियाँ तथा आसपास के गाँवों के पुरुषों, स्त्रियों और बच्चों को आशीष दे उनकी रक्षा करेंगे।

अर्जुन को इस तरह के उत्सव बहुत ही अच्छे लगते हैं। पर वह साल में केवल एक बार ही आता है। 'मुझे गीत-संगीत पसन्द है', उसने मुझे बताया—'और मुझे भजनों में जाना भी अच्छा लगता है।' भजन के लिए गाँव के पुरुष, बुजुर्ग, औरतें और बच्चे इकट्ठा होते हैं, वे ढोल-मंजीरों के साथ गाते हैं। यह कोई उत्सव नहीं होता है, पर लोग रात भर देवी-देवताओं के गीत गाते हैं। अर्जुन ने बताया कि अकसर मीरा के भजन गाये जाते हैं जो कृष्ण की महिमा बखानते हैं। वे राम के भजन भी गाते हैं।

मैंने अर्जुन से पूछा कि क्या वह शादी करना चाहता है। 'नहीं,' उसने कहा, 'मैं बड़ा होकर किसान बनना चाहता हूँ। कुएँ पर काम करना चाहता हूँ। मैं चाहता हूँ कि मेरे ख़ुद के चार बैल हों।'

भारत

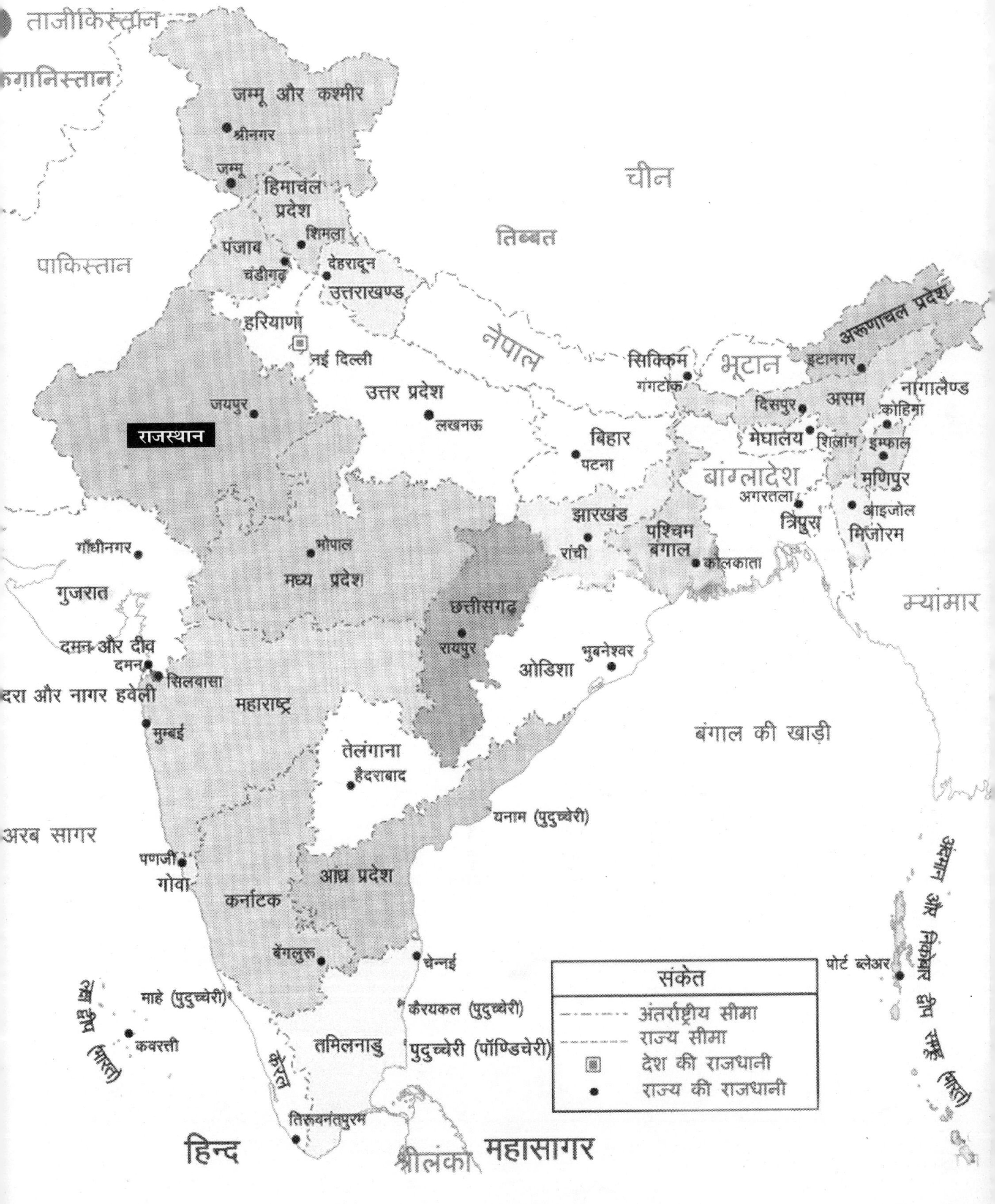
ताजीकिस्तान
अफ़ग़ानिस्तान
जम्मू और कश्मीर
श्रीनगर
जम्मू
चीन
हिमाचल प्रदेश
शिमला
पंजाब
चंडीगढ़
तिब्बत
पाकिस्तान
देहरादून
उत्तराखण्ड
हरियाणा
अरुणाचल प्रदेश
नेपाल
नई दिल्ली
सिक्किम
भूटान
इटानगर
गंगटोक
नागालैण्ड
उत्तर प्रदेश
दिसपुर
असम
कोहिमा
जयपुर
लखनऊ
राजस्थान
बिहार
मेघालय
शिलांग
इम्फाल
पटना
बांग्लादेश
मणिपुर
अगरतला
आइजोल
झारखंड
पश्चिम बंगाल
त्रिपुरा
मिजोरम
गाँधीनगर
भोपाल
रांची
कोलकाता
मध्य प्रदेश
गुजरात
म्यांमार
छत्तीसगढ़
दमन और दीव
रायपुर
भुवनेश्वर
दमन
ओडिशा
सिलवासा
दादरा और नागर हवेली
महाराष्ट्र
मुम्बई
बंगाल की खाड़ी
तेलंगाना
हैदराबाद
यनाम (पुदुच्चेरी)
अरब सागर
पणजी
गोवा
आंध्र प्रदेश
कर्नाटक
अंडमान और निकोबार द्वीप समूह (भारत)
बेंगलुरु
चेन्नई
पोर्ट ब्लेअर
संकेत
लक्षद्वीप (भारत)
माहे (पुदुच्चेरी)
कैरयकल (पुदुच्चेरी)
अंतर्राष्ट्रीय सीमा
राज्य सीमा
कवरत्ती
तमिलनाडु
पुदुच्चेरी (पॉण्डिचेरी)
देश की राजधानी
केरल
राज्य की राजधानी
तिरुवनंतपुरम
हिन्द
श्रीलंका
महासागर